Johann Lepples
wundersame Uhr

Johann Lepples wundersame Uhr

Märchen

Illustriert mit Linolschnitten von
Stefanie Weber

Sven Eric Panitz

Impressum:
ISBN 978-3-7322-82524
© Text 2013 Sven Eric Panitz
© Illustrationen 2013 Stefanie Weber
Herstellung und Verlag:
Books on Demand GmbH, Norderstedt
Illustration: Stefanie Weber
Umschlaggestaltung: Matthias Oheim
Lektorat: Martina Bahrke
Layout & Satz: Sven Eric Panitz

Alle Rechte liegen beim Autor
www.sveneric.de

Frankfurt am Main, Herbst 2013

für die kleine Marie,
für Sabine
und für die Uhrmacher der Welt

Johann Lepples wundersame Uhr

Die Winter sind in den Tälern des Schwarzwaldes eine Zeit des Stillstands. Die Sonne zeigt sich nur wenige Stunden des Tages über den Bergwipfeln. Die ländliche Wirtschaft ist gleichsam mit dem Frost erstarrt. Das Vieh kann in dunklen Ställen nur von sommerlichen Almen träumen. Die Holzfälleräxte hängen ungenutzt in den Schuppen. Die immensen Stiefel der Flözer warten frisch gepflegt und eingefettet auf die Zeit, wenn das geschlagene Holz den Rhein hinunter getrieben wird.

Und wenn es dem Schnee einfällt, die dunklen Wälder mit einem gleißenden Weiß zu überziehen, dann wird es oft unmöglich, den eigenen Herd zu verlassen und seinem nächsten Nachbarn einen Besuch abzustatten, geschweige denn ins nächste Dorf zu ziehen, um sich dort im Wirtshaus seine Zeit zu vertreiben. Der Lustbarkeiten sind in den Wintermonaten wenige. Und erst wenn langsam die Sonne wieder länger am Firmament prangt, dann begehen zur Fastnacht die Menschen einen wilden Mummenschanz, vertreiben die Winterdämonen und können sich auf den nahenden Frühling freuen. Doch zur Winterzeit verschanzen sich die Menschen wie Bären in ihrem Bau und verlassen die Häuser selten.

Man sitzt am Ofen in den Stuben und geht früh in die Betten, um die Nacht unter wärmenden Federdecken zu verbringen.

Die Zeit wird mit Handarbeit und Schnitzereien zugebracht. Die Frauen nähen, stricken, stopfen, spinnen, häkeln und weben, während die Männer sich darauf verstehen, aus Holz allerlei hübsche Figuren zu drechseln und zu schnitzen, die dann kunstvoll bemalt werden. Vielerorts werden Arbeiten für die Schwarzwälder Uhrenmacher angefertigt: Mannele, die durch die Spielwerke der komplexen Uhren mit Tanz belebt werden. Auch filigrane Kuckucksfiguren werden gefertigt, die ein Mechanismus zum Ausrufen der Zeit bringt.

Und sitzen die Menschen dergestalt beschäftigt in den Wohnstuben, so werden Geschichten und Legenden weitererzählt. Die Flözer erzählen angeberisch von ihren Fahrten bis nach Amsterdam hin und prahlen mit Heldentaten. Nicht jeder will so genau wissen, was die jungen Burschen in den fremden Ländern alles in ihrem Übermute getrieben haben mochten. Manch junger Maid hätte sicher die Schamesröte das blasse Gesicht verfärbt, wenn auch die unerzählten Erlebnisse zu Wort gekommen wären. Doch der Winter macht alle Menschen in diesem Landstrich Deutschlands gleich. Ob alt, ob jung, ob Bursch, ob Maid, ob Senner, ob Flözer, ob Bauer, ob Handwerksbursch, alle sind im festen Griff des Winters gefangen.

Und uralte Legenden werden seit alters her in diesen Wintertagen von Generation zu Generation weitergereicht und variiert. So gibt es phantastische Legenden über den Holländer Michel, der als Waldgeist auf den Bergkuppeln thront und einfältige Burschen um eines teuren Preises vielerlei Versprechungen macht. Und wenn die Geschichte des Peter Munck einmal mehr in winterlichen Tagen erzählt wurde, dann fassen sich alle heimlich an ihre Herzen, um sich zu vergewissern, dass diese noch warm in ihrer Brust schlagen. Und ein jeder meint zu wissen, dass ein kaltes Herz in der kalten Jahreszeit dazu führen müsse, dass der ganze Mensch in eisiger Kälte erstarre und ihn auch keine Frühlingssonne wieder werde auftauen können.

Über die Flözer finden auch Märchen aus anderen Landstrichen Eingang in die Schwarzwälder Stuben. Gerne lauscht man dem uralten Märchen einer schönen Maid auf einem Rheinfelsen, die die Schiffer ins Verderben führt. Auch Märchen von Meerjungfrauen und Elementargeistern finden häufige Variationen durch unterschiedliche Nacherzähler.

So auch saß im Dezember des Jahres 1856 zur Heiligen Nacht der Hausstand des Almbauern Alfred Lepple in der dunklen Bauernstube versammelt. In stiller Andacht saß man um dem Ofen. Die Tannen blickten aus der Nacht zum Fenster hinein. Man trank heißen Wein und aß vom Hutzelbrot. Gemeinsam hatte man andächtige Lieder gesungen, und in dieser feierlichen Stimmung hing nun jeder beim Knistern des wärmenden Feuers seinen Gedanken nach.

Johann, dem jüngstem Sohn des Hauses, wurd dabei recht wehmütig ums Herze. Der Winter schlug ihn mit der Zeit recht schwer aufs Gemüt. Die lange Dunkelheit und ewige

Kälte vermochte ihn sehr zu betrüben. In seiner jugendlichen Blüte wäre er gerne voller Kraft und Aktivität hinaus in die sonnige Welt gegangen. Statt dessen nun hielt ihn der Winter in seinem festen Griff hier gefangen.

Nicht verschweigen wollen wir, dass dem Johann auch eine nicht weniglische Sehnsucht nach Marie ergriff, der er sein Herz zugewandt hatte und der er nun schon viele Wochen nicht ansichtig geworden war, da sie den Winter über bei einem Oheim in Freiburg zubrachte. Was nur hätte Johann darum gegeben, alle Uhren um zwei, drei Monate voranzudrehen, dass er endlich wieder mit der schönen Marie zusammentreffen könne. Doch noch war erst die Heilige Nacht und mit jedem Tag, den der Winter andauerte, schien es Johann, als würde die Zeit noch einmal langsamer fortschreiten. Immer inniger wünschte sich Johann, er könne es im Augenblicke Frühling werden oder gar zwei Jahre vergehen lassen, dass er seine angebetete Marie zum Weibe nehmen könne. Doch diese Zeit schien ihm so unerreichbar und unendlich weit entfernt.

Trotz dieser sehnsüchtigen Gedanken wurde es ein ganz wunderbarer und schöner Weihnachtsabend im Hause Lepple. Einer der Brüder hatte die Zitter frisch gestimmt und die ganze Familie hub nach alter Väter Sitte an, fromme Lieder zur Heiligen Nacht anzustimmen. Und gerade als sie alle am innigsten das schöne ›Stille Nacht‹ sangen, da zerbarst plötzlich eine der tiefen Basssaiten auf der Zitter. Es machte einen mächtigen Schlag, fast wie von einem Schuss des Jägers im Wald. Da waren alle plötzlich ganz stille und andächtig und es war Frau Lepple, die in die Hände klatschte und rief: »Mädle, helft mir rasch die Bratäpfel aus dem Ofen holen und auftragen.«

Da war dann der Schrecken ganz vergessen und alle wurden wieder fröhlicher. Und auch wenn Johann noch manchmal voller Sehnsucht an ein Wiedersehen mit Marie dachte, so wurde doch auch er wieder vergnügter.

Die Mädle trugen die Bratäpfel auf den schönsten Servierplatten herein. Doch stolperte eine von ihnen ungeschickt, so dass einer der Äpfel erst ins Trudeln, dann ins Rollen geriet, und schließlich den Weg ganz hinunter auf den Boden kullerte. Doch niemand schalt das Mädle dafür aus, nein, alle waren ausgelassen und mussten ob des störrischen Apfels ganz arg lachen.

Zumindest der Heilige Abend zog für dieses Jahr vorüber. Der glühend heiße gewürzte Wein machte die Gesellschaft fröhlicher und der Vater rauchte schließlich zufrieden sein Pfeifle und ließ gar zu guter Letzt die Flasche mit dem hochprozentigen Kirschwasser einmal rund gehen. Alles schien gut und alles schien so, wie es seit uralten Zeiten zwischen den dunklen Wäldern sich begeben hatte.

Die Tage vergingen. Die Weihnacht zog vorüber, das neue Jahr brach an. Doch der Winter blieb nicht nur sonder zog jetzt erst recht mit eisiger Kälte in die Bergwelt. Es fielen Mengen von Schnee, so dass viele der Gehöfte vollkommen abgeschnitten waren. Diese Abgeschiedenheit verstärkte noch ein Mal mehr die Sehn-

sucht des Johann nach der Frühjahrszeit und natürlich auch nach seiner Marie. Johann saß allein an dem Tische, der ihm im Winter als Werktisch diente, um Uhr- und Spielwerke zusammenzusetzen. Johann hatte schon von frühen Kindesbeinen an begonnen, bei der Uhrenfertigung mitzuhelfen. Schnell hatte er sich als einer der Geschicktesten erwiesen und war nun bereits in der Lage, die Spielwerke allein komplett zusammenzusetzen. Manches Mal schlug er gar den Uhrmachern Verbesserungen an der Mechanik vor.

Johann hatte gerade ein besonders ausgefallenes Uhrwerk zusammengesetzt. Ein Mechanismus, der ihm all seine Geschicklichkeit abverlangt hatte. Unzählige Räder griffen ineinander und trieben nicht nur den Zeigermechanismus an, sondern auch zierliche Figürle, die zur vollen Stunde artig umeinand tanzten. Doch sein schönes Werk konnte Johann nicht erfreuen oder aus seinem winterlichen Trübsal befreien. Johann seufzte auf und sprach zu sich:

»Wir Menschen und alles, was lebt, sind doch recht armselige Geschöpfe. Wir können zwar hierhin und dorthin vor- und zurückwandern, wie wir wollen, doch in der Zeit sind wir gefangen, gleichsam im Takt der Uhr immer vorwärts zu schreiten. Und um unsere Lage noch jämmerlicher zu machen, so ist es uns noch nicht einmal vergönnt, in die Richtung zu blicken, in die uns die Uhr zwingt fortzuschreiten, sondern es ist uns nur erlaubt, zurück in die Zeit zu blicken. Wir sind wie Wesen, die nur vorwärts gehen können, aber die Augen im Hinterkopfe haben. Wir sehen wohl, woher unser Weg kommt, aber wir können nicht sehen, wohin uns unser Weg führt. Und so sind wir doch armselige Geschöpfe.«

So schloss er mit einem weiteren Seufzer. Währenddessen hatte Johann das frisch zusammengesetzte Uhrwerk mit feinem Öl geschmiert, die Zeit korrekt eingestellt, und zog schließlich das Uhrwerk auf, um das filigrane Räderwerk in Gang zu setzen. Und schon tickte das Uhrle zum ersten Mal in die Stille der Stube hinein. Doch Johann konnte sich recht weniglich daran erfreuen. Er blickte zum Fenster auf die weißbehaubte Landschaft hinaus und sehnte sich jetzt stärker als je zuvor nach dem Frühling und, das sei hier wiederum nicht verschwiegen, nach Marie. Und abermals lamentierte Jo-

hann über sein Schicksal: »Könnte ich doch nur einfach die Zeit nach meinem Belieben ein wenig in die Zukunft drehen, um nicht wie ein Gefangener in seiner Zelle warten zu müssen, bis mir bessere Tage beschieden sind.«

Wie er dieses sprach, da war gerade die volle Stunde erreicht, und das kunstvolle Uhrle fing an zu schnurren und rasseln. Dann öffnete der Kuckuck sein Türle, um aus diesem herauszuschauen und brav die Stunden anzusagen, und schließlich setzte sich die muntere Schar der kleinen Mannele in Bewegung, um mit einem lustigen Tanzreigen die neue volle Stunde zu feiern. Die Figuren waren von einem älteren Bauern gefertigt, dessen Gehöft nicht weit vom Hause des Alfred Lepple entfernt lag. Dieser Bauer galt allgemein als der beste Schnitzer im ganzen Umkreise und dessen Frau hatte es über die Jahre zu einiger Meisterschaft im Bemalen der kleinen Figürle gebracht.

Vier Paare tanzten nun eifrig und frisch das erste Mal umeinand. Die Figuren stellten Menschen in der landesüblichen Tracht des Schwarzwaldes dar. Da gab es einen Holzfällerburschen mit einer blitzenden Axt, einen Almbauern, einen Flözer und auch eigens einen Uhrmacher, in dessen Auge eine winzige Lupe geklemmt war.

»Ach! Was gäb ich drum, auch jetzt so mit meiner Marie um den Maibaum tanzen zu können«, seufzte Johann bei diesem Anblick auf. Da ließ auf einmal eine der kleinen Tanzfiguren seine Partnerin alleine sich im Kreis drehen, scherte aus dem allgemeinen Reigen aus und wandte sich dem erstaunten Johann zu:

»Was klagst du hier so jämmerlich und magst doch keinen Grund dafür zu haben.« Es war die Figur des Uhrmachers, die sich dem Räderwerke widersetzt hatte und aus seiner vorgeschriebenen Bahn ausgebrochen war. Johann erschrak darob gar sehr und schaute recht verwundert drein. Schüchtern und ängstlich fragte er schließlich: »Wer bist denn du, dass du einfach so aus deiner vorgeschriebenen Bahn hast ausbrechen können und deine arme Braut nun muss darum allein den Tanz vollenden?« »Ei«, antwortete darauf das Uhrmacherfigürle, »ich bin der Jockele und ich bin der alleinige Zuständige für den korrekten Zeitenlauf in unserem Uhrle. Ich herrsche gleichsam in unserem Universum über Zeit und Raum. Und magst du auch Recht haben, sind wir doch vom Räderwerk gezwungen, in festen Bahnen Stund um Stund unseren Tanz in gleicher Weise zu begehen, so habe ich doch einige Macht über die Zeit, die ich hier stündlich feiern soll. Und wenn es dich denn so sehr dauert, immer nur mit der Zeit vorwärts schreiten zu müssen und den Takte dieser Reise nicht selbst bestimmen zu können, so will ich gerne deinem Klagen abhelfen. Wisse denn, dass ich dir unser Uhrwerk so einrichten kann, dass du mit den Zeigern der Uhr dein eigenes Leben synchronisieren kannst. Drehest du die Zeiger vorwärts, so wird in diesem Tempo auch für dich die Zeit vorwärtsrücken, und drehest du die Zeiger rückwärts, so wird auch für dich die Zeit rückwärts laufen. Wenn es das ist, was du dir wünschest, so kann ich diesen Wunsche dir gerne erfüllen«.

Johann war ob all dieser Reden doch manniglich erstaunt und doch gewitzt genug, nicht gleich dieses Angebot des Jockele anzunehmen. Kannte er doch genügendlich die Geschichten von verfluchten Teufeln, die arme Seelen zu umstricken verstehen, wie man es sich vom Holländer Michel erzählte. Solch Angebote kamen doch in den Erzählungen stets mit einem Pferdefuß daher. Also erwiderte Johann: »Verführe mich nur nicht, dass ich im Endeffekte um meine arme Seele werden fürchten müssen. Du wirst mir doch sicher nicht ohne eine Gegenleistung diesen Wunsche erfüllen. Und wisse, dass ich, als braver Christenmensch erzogen, mich nicht auf irgendwelche teuflische Pakte werde einlassen und meine Seel nicht an dich oder einen anderen verlieren werde.«

»Was nur«, erwiderte Jockele »was nur bist du so misstrauisch. Habe ich nur irgendetwas von dir verlangt? Kein Herz und keine Seele ist es, was ich von dir verlange. Und ich verspreche beim Allmächtigen, dass ich auch niemals etwas derart Unsterbliches von dir verlangen werde. Der Mechanismus unseres Uhrles steht für dich bereit. Ob und wie du davon Gebrauch machen möchtest, sei allein dir selbst überlassen. Doch nun möchte ich meine Braut nicht länger warten lassen.« Und mit diesen Worten reihte sich Jockele in den erstarrten Reigen ein, nahm seinen weiblichen Gegenpart wieder in die Arme und stand stille. Das Uhrle tickte brav weiter vor sich hin und dem Johann war so, als habe er gerade eben einen sehr merkwürdigen Traum gehabt.

Johann starrte lange auf die Uhr und insbesondere auf die Uhrmacherfigur des Jockele. Hatte die sich gerade tatsächlich bewegt? Gar zu ihm gesprochen? »Man wird doch ganz rammdösig, den ganzen langen dunklen Winter so eingeschlossen in diesen Wäldern. Da habe ich ganz merkwürdig gerade vor mich hin geträumt«, so schalt Johann sich selbst aus. Er schaute aus dem Fenster hinaus. Draußen hatte es sanft angefangen zu schneien und Johann träumte weiterhin vor sich hin und ehe er sich versah, war eine Stunde vergangen. Die Uhr rasselte los, der Kuckuck rief mehrmals durch den Raum, und schließlich setzte die Spieluhr ein und die Mannele fingen munter an zu tanzen. »Was bin ich doch für ein Narr, mir einzubilden,

eines meiner braven Mannele wäre dort aus seinem Reigen ausgeschoren und hätte mir sein einfaches Uhrwerk als eine Art Zeitmaschine angeboten«, so amüsierte sich Johann über seinen eigenen Tagtraum.

Um sich seine eigene Torheit vor Augen zu führen, drehte Johann darauf den Minutenzeiger eine ganze Runde weiter. Gleichsam rückte der Stundenzeiger eine Stunde weiter. Das Räderwerk rasselte vor seiner Zeit und der Kuckuck, sogestalt vorzeitig geweckt, erschien, um nun die vierte Stunde des Nachmittags auszurufen. Die Spieluhr spielte schließlich den vier Paaren zu ihrem Tanze auf. Da lachte der Johann: »Ei sieh, du primitives Räderwerk, wie ich dich aus deiner Zeit gebracht habe und selbst doch ganz in meiner Zeit verharre.« Und nun gänzlich übermütig geworden, drehte Johann gleich direkt den Stundenzeiger um ganze zwei Striche auf die sechste Stunde vor. Doch wie er dies tat, da verdunkelte sich die Stube und draußen ebenso der ganze Himmel. Und wie Johann in diese plötzliche Dunkelheit vor seinem Fenster blickte, glaubte er auch, die dünne Schneeschicht dort sei etwas gewachsen.

»Wie doch die Zeit vergeht, wenn man so konzentriert die Uhrwerke zusammen setzt«, dachte Johann, »nun ist es ja schon dunkel geworden.« Er verließ die Arbeitsstube und fand den ganzen Hausstand schon bei einem Abendessen mit Räucherschinken und dunklem Brot versammelt. Man fragte Johann, was er denn so lange gearbeitet hätte, ob er denn keinen Hunger habe. Johann schaute auf die große Uhr in der Stube, die seit alters her dort brav tickte und musste feststellen, dass auch diese bereits zehn Minuten nach sechs Uhr anzeigte, ganz genau so wie die frisch in der Werkstatt zusammengesetzte Uhr. »Da muss ich wohl eingedöst sein und zwei Stündchen genüsslich am Werktisch geschlafen haben«, dachte Johann, setzte sich an den Tisch und schnitt sich ein paar Stücke des Räucherschinkens ab. Seine Familie lachte ihn arg aus. Johann sei schon ein arger Träumer, und man wisse auch, von wem er sicher geträumt habe. Und diese scherzhaft gemachte Bemerkung ließ Johann gleich tief und kräftig erröten.

Den Rest des Abends brachten die jungen Leute mit einem kindischen Kartenspiele zu, während der Vater ruhig und entspannt vor sich hin dösend, ab und zu einen Zug aus seiner großen altdeutschen Pfeife nahm und das Spiel aus der Ferne beobachtete. Doch bald wurden alle müde und sehnten sich nach ihren Schlafstätten und krochen schließlich unter die voluminösen Federdecken, die winters Verwendung fanden.

Johann schlief die Nacht unruhig. Er träumte wirres Zeug. In seinem Traum tanzte er mit Marie einen munteren Reigen im Kreis, doch als er sich selbst dabei betrachtete, musste er feststellen, dass er und seine Partnerin nur Holzfiguren waren, die auf einer festen Bahn, von einem Uhrwerk getrieben, ihren Tanz immerzu fortsetzen mussten. Und hatte ihn der Traum zunächst erfreuen können, da er in ihm seiner holden Marie endlich nahe sein konnte, so sehr grauste ihm die Erkenntnis, dass sie alle nur Holzfiguren sein sollten und nur in vorbestimmten Bahnen, von einer fremden Uhrwerkskraft angetrieben, sich fortbewegen konnten.

Johann erwachte inmitten des Traumes. Es war noch dunkel draußen und im Hause regte sich nichts. Selbst die Mäuslein schienen tief zu schlafen. Da er keine Ruhe mehr fand, stand er auf und ging in die Werkstube. Dort tickte brav die Uhr, die er am Vortage zusammengesetzt hatte. Sie tickte gleichmäßig vor sich hin und zeigte, dass es erst dreiviertel fünfe war. Er fühlte sich einsam in dem schlafenden Haus und wünschte, die Geschwister und die Eltern würden nun endlich bald erwachen, ein Feuer machen und alle gemeinsam ein Frühstück einnehmen.

»Ja, wenn das denn so einfach wäre,

die Zeit gleichsam mit den Zeigern der Uhr vorzudrehen, dann wollte ich das jetzt machen; denn was soll mir die nächste Stunde, die ich allein im dunklen Haus sitze, wenn ich doch keinen Schlaf mehr finden kann«, dachte Johann und mehr zum Inspizieren der Uhr als zum Test, ob an seiner merkwürdigen Vision nicht doch etwas dran sei, drehte Johann den Stundenzeiger gleich um drei Stunden weiter.

Schlagartig schien das Haus zum Leben erweckt. Er hörte die Stimmen seiner Geschwister, und es knisterte bereits ein Feuer in der Wohnstube. Johann lief sogleich die Treppe hinab, fand alle anderen schon für das Tagewerk gerüstet, und sein schneller Blick auf die große Wanduhr zeigte ihm, dass tatsächlich im Nu drei Stunden vergangen waren.

Dieses Mal bestand kein Zweifel. Johann war sich sicher, nicht wieder eingedöst zu sein. Jetzt wollte er es genauer wissen, lief wieder in die Werkstatt, drehte die Zeiger geschwind vier weitere Stunden nach vorne. Es wurde schlagartig taghell. Wieder rannte Johann hinunter, verglich mit der Wanduhr. Ja, auch diese zeigte dreiviertel zwölfe. Ohne weitere Umstände rannte er wieder in die Werkstatt. Jetzt wollte er es in die andere Richtung versuchen und drehte die Zeiger entgegen ihres natürlichen Sinnes, ganze sieben Stunden zurück.

Es war wieder Dunkelheit und Stille. Ein wenig unheimlich war Johann bei dieser Entdeckung zu Mute. Vorsichtigen Schrittes glitt er aus seiner Kammer, die Stiege hinab in die Stube. Auch die große Uhr in der Stube war sieben Stunden in der Zeit zurückgegangen. Ganz aufgeregt ging Johann zu seiner wundersamen Uhr zurück. »So ist es also wirklich wahr?« Das Uhrwerk tickte unschuldig und die bunten Mannele standen still und stumm. Johann stuppte die Figur des Jockele an: »So hast du also Wort gehalten munterer Gesell.« Die Figur blieb starr und hölzern.

Johanns Gedanken rasten: »Jetzt kann ich also durch Drehen der Zeiger beliebig vor und zurück in der Zeit wandern und mir die schönen Zeiten des Lebens alleine wählen. Nie wieder muss ich lange Wintermonate in Sehnsucht schmachtend verbringen. Das ist wahrlich ein besseres Gut als die Siebenmeilenstiefel des Peter Schlehmil, die ihn nur schnell den Orte wechseln lassen.

Was sind mir schon die Orte, wenn ich durch die Zeiten wandeln kann.«

Und auf einmal fühlte sich Johann ganz mächtig mit seiner wundersamen Uhr. Und sogleich wollte er im jugendlichen Übermute die Probe aufs Exempel machen. Er wollte zunächst eine kleine Reise in die Vergangenheit vornehmen; denn er scheute noch die unbekannte Zukunft. Kein Zeitpunkt schien ihm dazu besser geeignet als der wenige Tage zurückliegende Heilige Abend. Der Abend, wie sie alle so schön traut beieinander saßen und in geselliger Runde der kalten dunklen Jahreszeit trotzten. An diese feierliche Stimmung dachte Johann gerne zurück, auch wenn er damals mit dieser starken Melancholie befallen war. Jetzt schon konnte er überheblich über seine Melancholie lachen.

War der Grund doch die Sehnsucht nach Marie gewesen. Wenn der Mechanismus wirklich hielt, was er versprach, dann gab es diesbezüglich keinerlei Dauern mehr. Dann konnte sich Johann mit dem Dreh der Zeiger schnell in die Zeit des Wiedersehens mit seiner Marie bringen.

Nun aber drehte Johann den Stundenzeiger der Uhr zurück. Dabei zählte er fleißig mit, um genau die Stunde des Heiligen Abends zu treffen. Dann lief er ganz frohgemut in die Stube. Es war schon etwas Eigentümliches, fast schon Gespenstisches, wie dort der Vater wieder, zufrieden seine altdeutsche Pfeife rauchend, in seinem Sessel saß, und die Brüder die Zitter hervorholten, um mit der ganzen Familie zu musizieren. Johann machte sich einen rechten Spaß daraus, alles vorauszusagen, was den Abend passieren würde. »Pass bloß auf, dass dir keine Saite an der Zitter zerreißt« warnte er seinen Bruder. Und so wie er es schon erlebt hatte, inmitten des gemeinsam andächtig gesungenen ›Stille Nacht‹ hinein, riss mit lautem Knarren eine Saite der Zitter. Johann lachte dabei übermütig und feixte ganz unangemessen in die feierlichen Stimmung hinein.

Als seine Schwestern gemeinsam die Bratäpfel aus dem Ofen holen gingen, da ermahnte Johann sie: »Passt bloß auf, dass euch keiner der vermaledeiten Äpfel von der Platte rollt.« Und prompt geschah es dann wieder so, wie es Johann bereits wenige Tage zuvor erlebt hatte. Einer der Äpfel rollte dem Mädchen von der Servierplatte. Und abermals feixte Johann übermütig und merkte gar nicht, wie unangemessen seine ganze Reaktion war. Seine Geschwister waren ganz befremdet ob des Verhaltens ihres Bruders, den sie eher als stillen und sanftmütigen Zeitgenossen kannten. Sie schrieben seine Reaktion dann eher dem heißen Weine zu und auch der Flasche mit dem Kirschwasser, die der Vater zur Feier des Tages geöffnet hatte. An Alkohol war man auf dem Hofe Lepples wenig gewöhnt.

Es mag auch das Kirschwasser gewesen sein, das Johann, noch bevor alle zu Bette gehen wollten, die Stiege hinauf zu seiner Uhr stürzen ließ, um mit aller Gewalt nun die Zeiger viele Stunden in die Zukunft zu drehen. Er drehte den Stundenzeiger derart schnell in die Zukunft, dass innerhalb weniger Sekunden es taghell und dann wieder stockfinster in der Stube wurde. Pedantisch zählte Johann die Stunden mit. Schon nach wenigen Umdrehungen der Zeiger spürte Johann, wie die Wirkung des Alkohols verpuffte. Es war tatsächlich so, als ob Johann die derart im Fluge verlebten Stunden in ihrer vollen Länge erlebt hätte. Vier volle Monate drehte er den Stundenzeiger. Über einhundert Mal. Nun musste, wenn er sich nicht verzählt hätte, der Morgen des dreißigsten Aprils sein. An diesen Abend würde es den Tanz in den Mai geben. Der lustigste Abend des Jahres, an dem die jungen Burschen und die feschen Mädle ausgelassen um den Maibaum tanzen und umeinander freien.

Wie Johann die letzte Runde des Zeiger gedreht hatte, wurde es warm im Zimmer. Die ersten Sonnenstrahlen schienen durch das Fenster hinein.

Der hölzerne Kuckuck rief brav sechs Mal die Stunde aus und ein vielstimmiger Vogelchor schallte durch das Tal. Die Natur hatte auch in den höheren und schrofferen Bergregionen ein frisches grünes Kleid angezogen. Es war ein Frühlingsmorgen ganz so, wie man ihn sich wünschen mochte. »Heissa«, dachte Johann. »Heute werde ich lustigen Spaß haben.«

In dieser freudigen Stimmung stürmte Johann die Stiege hinunter. Er atmete die frische Frühlingsluft und freute sich, so schnell dem dunklen Winter entkommen zu sein. Als er in die Stube kam, warf er seiner Mutter einen überschwänglichen Guten-Morgen-Gruß hin. »Ei, heute ist Tanz in den Mai«, rief er aus. Er hätte die ganze Welt umarmen mögen. Doch irgend etwas stimmte nicht. Seine Mutter, die er sonst als einen Morgenmenschen kannte, die fröhlich in jeden neuen Tag ging, saß traurig und lethargisch in der Stube.

»Ach Bubele, wie magst du denn jetzt an den Tanz in den Mai denken. Bist du denn gar toll geworden?« Johann merkte sogleich, dass er etwas Entscheidendes in den letzten vier Monaten verpasst hatte. Es befremdete ihn auch, dass sein Vater nicht in der Stube war, in der er doch sonst um diese Zeit noch anzutreffen war. Eine schlimme Ahnung ging ihm auf. Sein Vater mochte doch nicht etwa verstorben sein? Ach herrje, seine Mutter war auch ganz in schwarz gekleidet. Nun hatte er also Gewissheit, es hatte einen Todesfall in der Familie gegeben.

Nun hätte Johann natürlich gerne mehr erfahren, wann und wie sein Vater gestorben war. Doch er konnte ja schlecht seine Mutter danach fragen. Schließlich müsste er es ja genau wissen. Das war nun doch eine vertrackte Situation. Nun würde es also wieder nichts mit dem Tanze mit seiner Marie werden. Er war doch etwas zu forsch gewesen, als er den Stundenzeiger über hundert Mal in die Zukunft verdreht hatte. Er musste unbedingt wieder zurück in der Zeit reisen, zurück in eine Zeit, in der sein Vater noch am Leben war. Aber auch wiederum nicht zu weit zurück, denn es sollte nach Möglichkeit Marie schon wieder zurück von ihrem Oheim aus Freiburg sein. Johann überlegte. Vielleicht sollte er Ostern wählen. Der Ostertag, wann mochte er dieses Jahr sein? Johann ging an die Herdstelle, an der ein Kalender des Jahres angebracht war. Ostern war am 12. April, also vor gut zwei Wochen. Ob sein Vater da noch gelebt hatte? Das war Johann dann doch zu unsicher. Er wollte seinen Vater noch lebendig sehen und sich die Laune nicht durch den missgünstigen Tod vermiesen lassen. Dann vielleicht besser den Küchlisonntag, der doch sechs Wochen vor Ostern ist. Auch das war ein fröhliches Fest, an dem seine Mutter die Funkenküchlein buk. Und auch das Funkenfeuer war immer ein schönes Spektakel und mit etwas Glück mochte Marie auch zurück aus der Stadt sein. So war Johann entschlossen, die Uhr zurück zu drehen. 18 Tage bis Ostern und dann noch einmal 42 Tage bis zum Funkensonntag.

Johann ließ seine gramgebeugte Mutter alleine in der Stube, rannte hinauf zu seiner wundersamen Uhr und drehte eifrig den Stundenzeiger in die Vergangenheit. Ihm tat schon langsam der Arm von dieser Bewegung weh, die so gänzlich unnatürlich für ihn war. Aufmerksam zählte Johann die Tage, die er den Zeiger entgegen seiner eigentlichen Bestimmung drehte. Einhundert, dann noch einmal zwanzig Runden, denn eine Runde des Stundenzeigers bedeutete zwölf Stunden und ein Tag hatte ja zwei Dutzend Stunden.

Es war dunkel draußen. Sicher, denn im Februar war die Sonne um diese Zeit noch nicht aufgegangen. Es musste noch eine sehr kalte Februarnacht gewesen sein, denn es war mit einem Male recht klamm und kühl in der kleinen Kammer. Ängstlich ging Johann wieder die Stiege hinab. Würde er seinen Vater noch lebend antreffen? Seine Mutter war bereits am Feuer beschäftigt. Sie trug nicht das Schwarz, das Johann noch vor wenigen Minuten an ihr gesehen hat. Sie trug auch nicht die traurig grimmige Miene, die sie am 30. April an den Tag legen würde. Johann atmete erfreut auf.

»Bub, da bist du ja recht früh auf an diesem Sonntag. Da hast du ja recht wohl getan, denn der Funkensonntag ist auch ein recht lustiger Tag im Jahr, auch wenn die Katholischen schon eine halbe Woche den Karneval beendet habe. Ich will uns auch wieder schöne Funkenküchlein backen.«

Dem Johann wurd recht wohl in der Brust, als er diese fröhlichen und liebevollen Worte vernahm. Bald darauf kam auch sein Vater in nicht weniger froher Stimmung in die Stube. Das machte den Johann aber doch sehr beklommen. Er musste immerzu daran denken, dass sein Vater nicht mehr lange zu leben habe. Er würde ihn gerne davon unterrichten und vor seinem Tode warnen. Aber wie sollte er das denn nur anstellen? Er konnte doch schlecht mit der Wahrheit herausplatzen und sagen: »Pappa in bereits sechs Wochen zu Ostersonntag wirst du im kühlen Grab liegen.«

»Bub«, hub sein Vater an, als er Johann gewahr wurde, »du freust dich sicher arg, dass die Marie wieder zurück aus der Stadt ist. Das soll heute ordentlich funken beim Funkenfeuer.«

Ach, es war doch alles nichts, seitdem Johann wusste, dass sein Vater bald nicht mehr leben würde. Er wollte sich so sehr freuen auf die Funkenküchlein, auf das Funkenfeuer und auch auf seine geliebte Marie, doch sein Herz mochte nicht springen und hüpfen, so wie es sich bei solch einem Anlasse doch geziemen würde. Die Vorfreude auf das Wiedersehen mit Marie wollte sich nicht einstellen. Immer wieder sah Johann die vor Gram gebeugte Gestalt seiner Mutter vor sich, wie er sie noch vor keiner Stunde am 30. April des Jahres gesehen hatte. Und auch sein Vater machte ihn sehr beklommen. Dieser war doch für ihn schon ein toter Mann, ein wandelnder Toter.

Nachdenklich und still nahm Johann das sonntägliche Frühstück ein.

»Bub, was bist du heute nur so in dich gekehrt und still? Behagt dir die alte Fassnacht nicht mehr? Muss es bei dir jetzt immer die Herrenfassnacht sein? Setze nachher nur eine fröhlichere Miene auf, wenn du nunter ins Dorfe gehst, um die Marie zum Mummenschanz und zum Funkenfeuer abzuholen. Sonst wird sie am End dir Griesgram noch einen Korb geben.«

Diese Ermahnung musste ihm seine Mutter kein zweites Mal geben. Johann versuchte eine lustigere Miene aufzusetzen. Doch im seinem Herzen blieb er sehr nachdenklich und unglücklich.

Zum Nachmittage hin machten sich die Geschwister dann auf. Gut eingedeckt mit den duftenden, noch warmen Funkenküchlein der Mutter gingen sie zum Nachbargehöft, auf dem Marie mit ihren Geschwistern wohnte. Da schlug Johanns Herz nun doch aufgeregt, als ihm gewahr wurde, wie er gleich seine Marie vor der Zeit wiedersehen sollte. Alle wurden in die warme Stube eingelassen, in der es ganz eng ob der vielen Gäste wurde. Johann und Marie kamen auf einer Eckbank nebeneinander zu sitzen und mussten ganz eng aneinander rücken, damit genügend Platz für alle auf der kleinen Bank war. Und Johann genoss nun sichtlich die Nähe zu Marie. Es wurden heiße Getränke gereicht und die Gesellschaft wurde immer ausgelassener und übermütiger. Manch Klamauk und Scherze wurde getrieben.

Schließlich wurde es Zeit, aufzubrechen zur Gemeindewiese. Dort war der große Funkenturm aufgeschichtet worden. Auf dem Weg zum Gemeindeanger hakte sich Marie wie ganz selbstverständlich bei Johann ein. Beide fühlten sich dabei so innig, als seien sie schon ewig zusammen verbunden.

Auf dem Anger trafen sie auch wieder mit dem Vater, Alfred Lepple, zusammen. Das versetzte Johann dann plötzlich einen argen Stich, und schlagartig konnte er sich nicht mehr an den allgemeinen Lustbarkeiten erfreuen. Sollte sein Vater, der hier voller Tatenkraft den Funkenturm mit aufgeschichtet hatte, der in der Dorfgemeinschaft hoch geachtet war, schon vor Ablauf der Fastenzeit versterben? Das durfte doch nicht sein, und doch hatte Johann es bereits erlebt.

Und gerade als der Funkenturm langsam Feuer fing, da wurde Johann ganz still und fühlte eine tiefe Trauer in sich aufkommen.

»Johann, was ist mit dir? Was bist du auf ein Mal so trübsinnig«, fragte Marie, die ganz fest an seinen Arm hing. »Macht dich das Feuer so traurig? Sei doch wieder lustig, so wie gerade noch. Ich dachte, es könnte einer unserer schönsten Tage im Leben

werden.«

Johann erkannte wohl, dass seine Stimmung ganz unpassend für einen solchen Funkensonntag war. Er bemühte sich, wieder eine vergnügte Miene aufzusetzen, was ihm nur leidlich gelang. Wie sollte er Marie nur erklären, was in ihm vorging und was ihm so sehr die Unbeschwertheit nahm? Wenn er von seiner Uhr erzählen würde, dann würde sie sicher entsetzt von ihm Abstand nehmen. So gut es ging, versuchte er sich vergnügt zu zeigen. Nachdem der Funkenturm abgebrannt und die Nacht ganz tief und dunkel war, küssten er und Marie sich zum Abschied. Doch konnte sich Johann an diesem ersten Kuss innerlich kaum erfreuen.

Als alle Geschwister daheim angekommen waren, da verkroch sich Johann schnell zu seiner Uhr und ging mit sich selbst in eine längere Zwiesprache.

»Jockele, ist das ein Fluch oder ein Segen, was du mir mit deiner Uhr beschert hast? Durch das Uhrle konnte ich die bittere, kalte Zeit des Januars in wenigen Minuten überwinden und gleich zu dem Tag schreiten, an dem ich glücklich bin und meine Marie in meinen Armen halten kann. Doch weiß ich durch dich auch, dass mein Vater schon bald im kühlen Grab liegt und der heutige Freudentag blieb mir doch schal im Gemüt zurück. Ist es nur Fluch oder Segen, sag an!«

Weder das Uhrle noch der Jockele regten sich. Das Uhrle tickte stoisch vor sich hin. Da überlegte der Johann:

»Jetzt will ich doch einmal wissen, ob der heutige Funkensonntag wirklich so bedeutend und freudig für mein Leben ist. Wer weiß, ob die Marie und ich überhaupt zusammenkommen und gemeinsam einmal vor den Altar treten werden. Vielleicht kommt es im Leben ja noch ganz anders. Besonders nachdem ich heute so spröde zu meiner Marie war.«

Und ohne genau mitzuzählen oder darüber nachzudenken, begann Johann den Stundenzeiger Runde um Runde in die Zukunft zu drehen. Nicht ein paar Tage, sondern Wochen, Monate, Jahre. Irgendwann ließ er erschöpft von der Uhr ab. Es dämmerte gerade der Morgen. Johann nahm wahr, dass er gealtert war. Er schaute in den Spiegel seiner Kammer. Er war zum Manne gereift. Ein Mann fast schon auf der Schwelle zum Alter. Aus dem Spiegel schaute ihn ein unbekanntes, aber auch vertrautes Gesicht entgegen.

»Jetzt bin ich doch einmal gespannt, wie ich als reifer Mann lebe und was aus meinen Leben alles geworden ist.«

Es war noch still im Haus. Johann ging hinunter in die Stube. Tatsächlich hatte sich hier wenig verändert in den letzten vielleicht 30 Jahren. Da kam jemand aus der Küche. Johann erschrak, denn es war wirklich Marie, seine Marie, die er vor ganz wenigen Minuten zum ersten Mal geküsst hatte. Jetzt stand sie hier als die Frau des Hauses, als sein Weib. Alt war sie geworden, alt wie er. Graue Strähnen durchzogen ihr Haar. Doch trug sie noch immer das, was ihm an ihr am liebsten war: das optimistische Lächeln auf den Lippen.

»Mein guter Mann, Johann, was

schaust du mich so entgeistert an? Man könnte meinen, du hast Gespenster gesehen. Komm, ich habe uns ein kleines Frühstück gedeckt. Und dann wollen wir schön abwarten, bis unser Hermann zu Besuch kommt. Ich bin schon so gespannt, was er uns erzählen wird von dem Bau der Eisenbahn.«

Und so begann ein merkwürdiger Tag im Leben des Johann Lepple. Eigentlich begann so ein ganz normaler Sonntag im Sommer, doch für Johann war alles neu. Er kannte sich in seinem eigenen Leben kaum aus. Er hatte es, so erfuhr er, zu einer eigenen kleinen Uhrenmanufaktur gebracht. Sie hatten drei Söhne, von denen der eine mit in der Manufaktur arbeitete. Der jüngste hingegen war beim Bau der Eisenbahnlinie durch das Höllental bei den Vermessern angestellt. Er kam an diesem Sonntag zu seinen Eltern zu Besuch.

Johann wurde ganz schwindelig von den ganzen neuen Eindrücken. Seine Kinder kannte er nicht und musste doch mit ihnen vertraut wie ein liebender Vater tun. Sein Weib, das eine jahrzehntelange Vertrautheit ausstrahlte, betrachtete er doch mit einer scheuen Verlegenheit.

Als Hermann, ihr jüngster Sohn zu Besuch kam, erzählte dieser ganz aufgeregt von den Planungen und Bauarbeiten der Eisenbahn durchs Höllental. Was für ein Wunder, dass zu ihnen in die hohen abgelegenen Täler des Schwarzwaldes eine Eisenbahn kommen sollte. Das war dem Johann ganz unverständlich. Und sein Sohn war bei den Arbeiten dabei. Von Freiburg über Himmelreich den Höllensteig hinauf bis Hinterzarten. Das war gänzlich unvorstellbar.

›Ja, wenn es zu unserer Jugend schon die Eisenbahn im Höllental gegeben hätte, dann hätte ich nicht den ganzen Winter sehnsüchtig an Marie, die bei ihrem Oheim im Freiburg lebte, denken müssen. Dann hätte ich einfach den Zug besteigen können und sie in Freiburg besuchen.‹ So dachte Johann in sich gekehrt.

»Vater, was starrst du so trübsinnig vor dich hin?« fragte Otto der ältere Sohn.

»Geh, Bub, lass den Vater nur. Er hat heut wieder einen dieser trübsinnigen Tage. Morgen wird er uns wieder der Alte sein. Gell, Johann!« Mit diesen Worten strich Marie ihrem treuen Gatten über den Kopf.

Johann zog sich zurück in die Stube

mit seiner wundersamen Uhr.

»Alles scheint in meinem Leben ganz ordentlich und glücklich zu verlaufen. Jetzt aber will ich noch einen Blick in das hohe Alter werfen.«

Mit kaum zu bändigendem Eifer drehte er dabei die Uhr wieder viele Stunden, Wochen, Monate, Jahre, gar Jahrzehnte vor. Er spürte mit jeder Drehung, dass sein Körper älter und schwächer wurde. Bis er sich so alt fühlte und seine Knochen so morsch waren, dass er befürchten musste, jede weitere Drehung würde in eine Zeit fallen, die jenseits seines Lebens liege. Da erst ließ er von der Uhr ab.

Jetzt war Johann ein sehr alter Greis. Er konnte nicht ohne Hilfe eines Stockes aufstehen. Der Spiegel zeigte ihm wieder sein Gesicht. Doch nicht so, wie er es kannte, sondern grässlich zur Karikatur und Fratze verzerrt. Sein Haar war dünn und schlohweiß. Mühsam quälte er sich die Stiege hinunter. Als er unten war, kam ihn eine fremde Frau entgegen.

»Ja, was machst du denn, Großvater, so ganz allein die Stiege hinabsteigen. Ei hättest du doch gerufen, ich wär doch gekommen, dir zu helfen«, sprang die Frau ihm entgegen und half ihm in den großen Sessel in der Stube, auf dem schon sein Vater gesessen und die Pfeife geraucht hatte. Die Frau war mit ihm sicher verwandt, so vertraut, wie sie tat. Er schaute sie jedoch nur stutzig an. War es eine Tochter, Schwiegertochter, Enkeltochter? Irgend so jemand. Doch Johann konnte sie nur wie eine Fremde betrachten. Wo mochte nur Marie sein?

»Wo ist denn nur meine Marie?«, fragte er leise und schüchtern.

»Aber Großvater, die ist doch längst schon in den Himmel aufgestiegen«, bekam er als geduldige Antwort.

Dann kam ein junger, unglücklich aussehender Mann in die Stube. Er wirkte kränklich und humpelte wie ein alter Mann.

»Erich, wie gut. Schau, leiste doch dem Großvater ein wenig Gesellschaft. Er ist heute schon wieder ganz durcheinander.« Damit ließ die fremde Frau ihn allein mit dem jungen Mann, der noch keine 20 sein mochte. Vielleicht hatte er gerade das Alter erreicht, das Johann am Weihnachtsabend 1856 hatte.

Der junge Erich setzte sich dem Johann gegenüber und schwieg geraume Zeit. Dann hub er nach langer Stille an zu sprechen:

»Urgroßvater, das sag ich dir: Lieber möchte ich den Rest meines Lebens hier in der Küche auf dem Boden wie ein Hund leben und mich von den Abfällen ernähren, als einmal nur noch wieder hinaus in diesen Krieg gehen zu müssen. Es ist so schrecklich, das kannst du dir nicht vorstellen. Man spricht von Millionen, die dort auf dem Schlachtfeld zu Tode kommen. Doch du machst dir kein Bild davon, wie es ist, in den Schützengräben zu sitzen und die ständigen Kannonaden über dich ergehen zu lassen. Die Kameraden sterben einer nach dem anderen. Wer in diesen Schützengräben gelegen hat wie ich die letzten Monate, Urgroßvater, der wird nie wieder, nie wieder ein unbeschwertes glückliches Leben leben können, auch wenn er nicht den Tod gefunden hat.«

Und dann schwieg der junge Mann wieder und starrte genauso stumpfsinnig vor sich hin wie Johann.

»Bring mich in meine Kammer«, krächzte der greise Johann schließlich. Und so half Erich seinem Urgroßvater die Stiege hinauf in dessen Kammer. Dort eingelassen fing Johann an, schnell den Stundenzeiger der Uhr wieder zurückzudrehen. Nur weg von dieser grässlichen Zukunft, in der junge Männer schon verbittert und krank waren. In der Marie schon lange unter der Erde lag und Johann als hilfloser Greis auf die Hilfe fremder Menschen angewiesen war. Und er drehte eifrig weiter an dem Zeiger, vorbei an der Zeit, in der man Eisenbahnen baute bis hinauf ins einsame Höllental, so dass man ganz ohne Beschwernis reisen konnte.

Dabei spürte Johann, wie er bei jeder

Drehung langsam wieder jünger wurde. Er drehte so lange an der Uhr, bis er das Gefühl hatte, wieder der junge, neugierige Bub zu sein, als den er sich bisher kannte.

Johann konnte nicht ganz sicher sein, in welchem Jahr und Monat er gelandet war, so willkürlich, ohne mitzuzählen, hatte er die Zeiger verdreht. Er ging die Stiege hinunter.

»Bub, da bist du ja recht früh auf an diesem Sonntag. Da hast du ja recht wohl getan, denn der Funkensonntag ist auch ein recht lustiger Tag im Jahr, auch wenn die Katholischen schon eine halbe Woche den Karneval beendet habe. Ich will uns auch wieder schöne Funkenküchlein backen.«

Diese Begrüßung war dem Johann wohl vertraut. Es war noch gar nicht so lange her, dass er sie gehört hatte.

Es musste wieder der Funkensonntag im Jahre 1857 sein. ›Da habe ich es ja gut mit meiner Uhr getroffen, sie genau wieder zu den Tag gedreht zu haben, der einer der schönsten meines Lebens ist‹, dachte Johann und freute sich, diesen Tag gleich noch ein zweites Mal erleben zu dürfen.

Doch es war dieses Mal nicht noch einmal dasselbe. War dieser Funkensonntag schon beim ersten Mal, das Johann ihn erleben durfte, nicht ganz ohne Schwermut gewesen, weil er zuvor von dem nahenden Tod seines Vaters erfahren hatte, so war es bei diesem zweiten Male ein ganz fürchterlicher Tag. Er konnte sich über nichts freuen. Er konnte nicht mit den anderen Gesellen mitlachen. Und auch das Wiedersehen mit Marie und ihre erste Nähe bedeuteten ihm nichts mehr. Er sah sie immer schon im Grabe und sich als greisen alten Mann. Und dann musste er immer wieder an den Erich denken, der von einem grausigen Krieg erzählte. Was mochte man sich da noch an einem läppischen Funkenturm erfreuen.

Die anderen Gesellen und insbesondere Marie spürten, wie fremd und distanziert Johann war und wie wenig er teilnahm an ihren unschuldigen Vergnügungen. Sie nahmen so auch immer mehr Abstand zu ihm und selbst Marie, obwohl sie doch noch eingehakt neben Johann ging, wurde zunehmend reservierter ihm gegenüber.

Als er schließlich wieder daheim in seiner Stube war, da fühlte sich der Johann ganz einsam und elendig und fing an, bittere Tränen zu weinen. »Vermaledeites Räderwerk, was hast du mir Schreckliches angetan«, lamentierte er in die dunkle Nacht hinein. »In meinem Leben ist mir keine Überraschung in Freud noch Leid mehr vergönnt. Meinen Liebsten bin ich vollkommen entfremdet. Der Jockele hat mich mit seinem mechanischen Teufelsspielzeug in die allerelendste und unglücklichste Lage gebracht. Mein Leben liegt vor mir wie ein schon gelesenes Buch. Ich bin ganz rast- und heimatlos geworden. Nimmermehr wird es magische Tage für mich geben. Kein Moment mehr wird für mich unwiederbringlich sein. Ach, hätte ich nie auf den kleinen hölzernen Uhrmachergesellen gehört.«

So und noch weiter ging die Litanei des Johann, der sich in seinen Gram und Selbstmitleid immer stärker hineinsteigerte, so dass er erst gar nicht bemerkte, wie eine volle Stunde erreicht wurde, sein Uhrle wie gewohnt zu schnurren anfing, zunächst der Kuckuck mehrfach aus seiner Tür heraus rief, dann die Spieluhr das gewohnte Lied zum Tanze aufspielte und schließlich die vier Paare artig auf ihren gewohnten Bahnen umeinand tanzten.

Erst als inmitten des Tanzes die Figur des Jockeles seine Braut stehen ließ und auf ganz unerhörte Weise aus dem vorgeschriebenen Reigen ausbrach, da blickte Johann auf die verfluchte Uhr. Der Jockele aber hub an zu sprechen:

»Törichter Gesell, siehst du jetzt, was für einen dummen Wunsch du geäußert hast, als du in deiner Ungeduld die Zeit nach eigenem Belieben vor- und zurückzudrehen wünschtest? Jetzt also siehst du ein, wie gut eingerichtet es ist, dass ihr zwar frei über die Veränderung des Ortes bestimmen dürft, doch die Zeit euch für ewig als großes Mysterium verschlossen bleibt.«

Bitter antwortete Johann auf diese Reden: »Ich sehe, wie ich dir Teufelsadept da ordentlich auf den Leim gegangen bin. Sag nur rasch an, was ist es, das du von mir verlangst? Es ist doch immerzu dasselbe mit euch. Im Endeffekt wollt ihr uns doch immer nur unserer armen Seelen berauben. Es ist also durchaus etwas dran, an den Geschichten vom Holländer Michel, die man sich erzählt. Du hast mich ja mit deinem Räderwerk schon ganz ins Elend gestürzt, also sag an, was sind deine Forderungen?«

»Mit einer Seel kann ich nun herzlich wenig anfangen, bin ich doch nur ein Gesell, der aus einfachem Holz gar eher grob geschnitzt ist. Und mit dem Teufel bin ich auch nicht im Bunde. Der interessiert sich doch weit weniger für euch arme Menschenseelen, als ihr denkt. Ich habe nur einen bescheidenen Wunsch, den du mir erfüllen sollst. Ich möchte möglichst lange mit meiner holden Maid zu jeder Stunde den munteren Reigen tanzen, denn wisse, ich habe sie so sehr lieb. Aber ich kann dir alle deine Erinnerungen an deine Zeitenreisen nehmen, so dass das Leben dich wieder überraschen kann und du Sehnsucht und Neugier wieder gewinnst und dir nicht mehr alles eins ist. Dafür musst du nur eines mir versprechen. Halte unser Uhrle nur immer gut im Schuss. Ziehe es allmorgentlich ordentlich auf, justiere die Zeit stets ordentlich nach dem Lauf des Planeten, verhindere, dass Rost unser Räderwerk vorzeitig zum Stocken bringt, und vergesse nicht von Zeit zu Zeit einen sparsamen Tropfen Öl für unsere Mechanik zu spendieren. Wenn du also so tust, so werde ich dich wieder einsetzen in einen ordentlichen Zeitenlauf. Solltest du aber einmal unser Uhrle grob behandeln oder schmälich vernachlässigen, dann werde ich dir deine zeitlose Existenz, die dich so elendig gemacht hat, gleich wieder geben.«

Diese Nachricht tröstete den Johann doch arg und er fasste wieder neuen Lebensmut.

»Wenn es wirklich nur das ist, was du tapferer Gesell von mir wünschest, so sei denn unbesorgt. Euer Uhrle soll von mir, solange ich lebe, nur ordentlich in Schuss gehalten werden. Es soll in meiner Wohnstube stets einen Ehrenplatze innehaben. Euer Tanz soll mich alle Stunde erfreuen und ermahnen, die Zeit und den Zeitenlauf zu respektieren als das wunderbarste Geheimnis allen Lebens.«

»So soll es also sein, mein Freund.«

Und mit diesen kurzen Worten trat der Jockele wieder ein in den Reigen der Figuren, umarmte liebevoll seine Maid und drehte mit ihr noch zwei Runden, bevor die Spieluhr ausgespielt hatte und es wieder Stille war. Noch arg verwundert schaute Johann auf das Uhrle und fiel alsbald in einen tiefen Schlaf.

Es war die Hand seiner Mutter, die ihn aus diesem Schlaf an der Schulter wach rüttelte.

»Ja Bub, was ist denn mit dir? Bist du über deiner Arbeit mit den Uhrwerken etwa eingeschlafen? Es ist doch der Heilige Abend. Den magst du doch nicht verschlafen. Komm bloß rasch runter in die Stube ans warme Feuer.«

Johann aber rieb sich die Augen, schaute sich verwundert um und fragte:

»Der Heilige Abend? Welches Jahr haben wir denn jetzt?«

»Du bist ja noch ganz verschlafen, Bub. Es ist doch noch immer das Jahre 1856, wie es das doch seit Januar schon ist. Nun werd mal richtig wach, und komm zu uns in die Stube.«

Und in der Stube waren schon alle versammelt. Die Zitter war frisch gestimmt und die ganze Familie Lepple stimmte fromme Lieder zur Weihnacht an. Und als sie eben ganz inniglich die ›Stille Nacht‹ gemeinsam sangen, zerbarst plötzlich eine der ganz dicken und tiefen Saiten der Zitter, so dass es einen gewaltigen lauten Schlag tat und alle sich darob sehr erschraken.

Und als die Mädle die Bratäpfel auf einer Servierplatte herein trugen, da kullerte ein störrischer dieser Äpfel von der Platte, so dass dann doch alle laut lachen musste. Zur vollen Stunde hörte man im oberen Stock die Spieluhr zum Tanze aufspielen. Johann dachte voll Sehnsucht an Marie, mit der er so gerne im Frühjahr zum Tanze gehen wollte, doch da musste er sich nun noch viele Wochen gedulden. Und als der Abend später wurde, da wanderten die Gedanken der Lepples kurz in die Vergangenheit und in die Zukunft. Was mochte noch alles kommen. Würden sie in einem Jahr wieder alle so traut zur Heiligen Nacht beieinand sitzen?

Und so klang dieser Heilige Abend im Hause Lepple ein für allemal aus, und es war alles alles so, wie es soll.